MEMOIRE

POUR M. l'Evêque Duc DE LAON.

M. l'Evêque Comte DE BEAUVAIS.

M. l'Evêque Comte DE NOYON.

M. le Duc DE SULLY.

M. le Duc DE LUYNES.

M. le Duc DE SAINT-SIMON.

M. le Duc DE LA ROCHEFOUCAULT.

M. le Duc DE ROHAN-CHABOT.

M. le Duc DE PINEY DE LUXEMBOURG.

M. le Maréchal Duc D'ESTRÉES.

M. le Duc DE MORTEMART-ROCHECHOUART.

M. le Duc DE GESVRES.

M. le Duc DE BETHUNE.

M. le Duc DE BOUFLERS.

M. le Maréchal Duc DE VILLARS.

M. le Maréchal DE BERWIK, Duc DE FILTS-JAMES.

M. le Duc DE BIRON-GONTAULT.

M. le Duc DE LEVY, Pairs de France.

M. le Duc DE LA ROCHÉ-GUYON.

M. le Duc D'HUMIERES.

M. le Duc DE LORGES-DURFORT.

M. le Duc DE CHATILLON-OLONNE.

CONTRE le Comte d'AGENOIS.

LES Lettres d'érection d'Aiguillon en Duché-Pairie, & les principes de la tranſmiſſion des Pairies, rappellez & développez dans un Edit ſolemnel, qui a fixé invariablement la Juriſprudence ſur cette matiere importante;

A

s'élevent également contre la prétention du Comte d'Agenois.

Si l'on consulte les Lettres Patentes de 1638. par lesquelles Louis XIII. a érigé la Terre d'Aiguillon en Duché-Pairie en faveur de la Dame de Combalet, niéce du Cardinal de Richelieu, on n'y trouve aucune clause, aucune expression d'où l'on puisse induire une vocation expresse & spécifique d'aucun des collateraux de celle à qui ces Lettres ont été accordées. Il n'y est parlé que des *Heritiers & Successeurs* de la Dame de Combalet, termes équivoques, dont, en matiere de Pairies, la signification a toûjours été restrainte par les principes generaux, & singulierement par les dispositions précises de l'Edit des Pairies de 1711. aux seuls descendans en ligne directe de la personne en faveur de qui la Pairie a été érigée. La prétention du Comte d'Agenois est donc une de ces tentatives éclatantes que l'ambition produit, mais que les Loix condamnent. Il est en effet sans exemple, qu'un sujet du Roy aspire à la dignité éminente de Pair de France ; & au comble des honneurs, quand il n'y est point élevé par le bienfait du Prince, & par l'expression diserte de sa volonté.

F A I T.

Au mois de Janvier 1638. Louis XIII. érigea la Terre d'Aiguillon en Duché-Pairie, en faveur de Marie de Vignerod, veuve du Sieur de Combalet, & niéce du Cardinal de Richelieu.

Dans le préambule des Lettres d'érection, il est parlé des services signalez du Cardinal de Richelieu, qui déterminent Louis XIII. non seulement à donner à ce Ministre *toutes sortes de témoignages de sa satisfaction*, mais même à *les étendre aux personnes qui lui appartiennent, entre lesquelles* la Dame de Combalet *est une des plus proches comme sa niéce*. A cet éloge du Ministre succede l'éloge de la niéce, de ses *grandes & rares vertus*, de

ſes bonnes & conſiderables qualitez qui lui ont acquis l'eſtime géné-
rale de la Cour, où elle a toûjours été depuis ſon enfance dans les
charges que les Filles & Dames iſſues des plus illuſtres Maiſons de
ce Royaume ont auprès des Reines; deſorte, ajoûtent les Lettres,
que ces conſiderations, outre celles des bons ſervices que ſes prédeceſ-
ſeurs ont faits & rendus aux Rois nos devanciers, nous font croire
que nos graces & faveurs ne ſçauroient être que très-juſtement dépar-
ties à ladite Dame, comme en étant très-digne.

Après ce préambule ſuit immédiatement la clauſe d'érection
d'Aiguillon en Duché-Pairie, pour en jouir par ladite Dame, ſes
heritiers & ſucceſſeurs, tant mâles que femelles, tels qu'elle voudra
choiſir, perpétuellement & à toûjours, ſous le nom & appellation
d'Aiguillon.

Dans un premier Memoire que le Comte d'Agenois a ré-
pandu dans le Public, il avoit avancé que la Dame de Combalet, lors de l'obtention de ces Lettres du mois de Janvier
1638. étoit hors d'âge d'avoir des enfans, pour s'autoriſer à conclure, que les termes d'heritiers & ſucceſſeurs exprimez dans les
Lettres Patentes accordées à une femme qui étoit hors d'âge
d'avoir des enfans, ne pouvoient jamais s'entendre que de ſes
collateraux.

Mais depuis ayant fait reflexion qu'au mois de Janvier 1638.
la Dame de Combalet ne pouvoit être tout au plus âgée que de
33. à 34. ans, il a ſenti l'incongruité de ce langage, & il s'eſt effor-
cé de l'adoucir dans un nouvel imprimé qu'il a diſtribué ſous le
titre de Conſultation, où l'on s'eſt contenté de dire, que la Dame
de Combalet étant veuve dès l'année 1622. il y avoit peu d'apparence
(en 1638.) qu'elle ſongeât à paſſer à de ſecondes nôces; & que pour
peu qu'elle y eût penſé, la niéce d'un auſſi grand Miniſtre que l'étoit
le Cardinal de Richelieu, n'auroit pas attendu ſeize ans, pour trouver
dans un ſecond mariage les honneurs & les dignitez, qu'elle n'a pré-
ciſément deſirez que pour les tranſmettre à ceux de ſes collateraux qui

A ij

portoient fon nom. Mais avec quelque attention qu'on examine les Lettres d'érection du Duché d'Aiguillon de 1638. où l'on juge aifément que la Dame de Combalet, niéce cherie d'un grand Miniftre parvenu au plus haut point de credit & de faveur, étoit maîtreffe de faire inferer tout ce qu'elle pouvoit defirer, on n'y trouve rien d'où l'on puiffe conclure que Louis XIII. dans ces Lettres, ait penfé aux collateraux de la Dame de Combalet, qui portoient fon nom, c'eft-à-dire, le nom de *Vignerod*; & fi d'un côté les Lettres ne renferment la vocation précife & individuelle d'aucun des collateraux de l'Impétrante; fi d'un autre côté il étoit très-poffible qu'une femme âgée de 33. ans, quoique veuve depuis plufieurs années, devînt par un fecond mariage la tige d'une defcendance, dans laquelle le Duché érigé pût fe perpétuer, il eft inévitable d'entendre les termes d'*heritiers & fucceffeurs* exprimez par ces Lettres, dans le feul fens dont ils foient fufceptibles, fuivant les principes de la matiere des Pairies, & fuivant les difpofitions de l'Edit de 1711. qui en reftraignent l'application aux feuls defcendans de la perfonne pour qui l'érection de la Pairie eft faite.

Au mois de May 1674. la Dame de Combalet a fait un Teftament, qui eft le fecond titre fur lequel le Comte d'Age-nois fonde fes prétentions. Mais avant que d'en expliquer les difpofitions, il faut mettre fous les yeux l'état de la famille de la Teftatrice.

Le Cardinal de Richelieu (Armand-Jean-Dupleffis) a eu deux freres: l'un mort fans enfans, l'autre Cardinal & Arche-vêque de Lyon: il a auffi eu deux fœurs, dont l'une nommée Nicole, a époufé le Maréchal de Brezé; l'autre appellée Fran-çoife, a contracté un premier mariage avec Jean-Baptifte de Beauvau, Marquis de Pimpéan; & étant reftée veuve fans en-fans, a époufé en fecondes nôces, le 28. Août 1603. René de Vignerod, Sieur du Pont de Courlai.

Du mariage de René de Vignerod, & de Françoise Dupleſſis, ſont nez deux enfans, un mâle & une fille, François de Vignerod, & Marie de Vignerod, qui a épouſé Antoine du Roure,
Sieur de Combalet, à laquelle ont été accordées les Lettres
de 1638, & qui eſt morte ſans enfans en 1675.

De François de Vignerod, frere de la Dame de Combalet,
ſont nez pluſieurs enfans, dont trois ſeulement ſont à conſiderer.

Armand-Jean de Vignerod, Duc de Richelieu, pere de M.
le Duc de Richelieu d'aujourd'hui.

Amador-Jean-Baptiſte de Vignerod, Marquis de Richelieu,
pere du dernier Marquis de Richelieu, & ayeul paternel du
Comte d'Agenois.

Et Magdelaine-Thereſe de Vignerod, qui n'a point été mariée, & au profit de qui eſt l'inſtitution portée par le Teſtament
de la Dame de Combalet, dont on va parler.

D'Amador-Jean-Baptiſte de Vignerod, ayeul paternel du
Comte d'Agenois, ſont auſſi nez pluſieurs autres enfans, &
entre autres trois filles, dont la Dame de Combalet parle dans
ſon Teſtament, l'aînée de ces filles appellée *Marie-Françoiſe*,
eſt morte Abbeſſe du Lys, la ſeconde appellée *Marie-Marthe*,
eſt morte fille en 1709, & la troiſiéme appellée *Eliſabeth*, a
épouſé en 1696, le Sieur Quelin Dupleſſis, qui a été Subſti-
tut de M. le Procureur General, & qui étoit fils de M. Quelin Conſeiller en la Grand'Chambre, & du Sieur Quelin Dupleſſis eſt née une fille qui a épouſé M. Daleſme, Conſeiller au
Parlement de Bordeaux.

Ces faits préſuppoſez, il faut expliquer les principales diſpoſitions du Teſtament de la Dame de Combalet.

Le Comte d'Agenois, à la ſuite des Memoires qu'il a im-
primez, a rapporté ces diſpoſitions fort en abregé, il s'eſt contenté de tranſcrire l'inſtitution au Duché d'Aiguillon en faveur
de Magdelaine de Vignerod, la ſubſtitution à laquelle ſon pere

A iij

& lui sont appellez, & une derniere clause par laquelle la Testatrice, en cas que la ligne de son frere manque entierement, ordonne la vente du Duché d'Aiguillon. Il a eu ses raisons pour ne pas entrer dans un plus grand détail, parce qu'en effet, il suffit de jetter les yeux sur la chaîne de ces differentes dispositions, pour sentir toute l'illusion de son sistême; on va donc les rapporter avec un peu plus d'exactitude.

J'institue à mon Duché d'Aiguillon Mademoiselle de Richelieu ma niece, Magdelaine de Vignerod, fille de défunt mon frere, en tous les acquests & augmentations que j'y ai faites, & je la nomme pour jouir par elle dudit Duché & Pairie d'Aiguillon, avec le titre & dignité d'icelui, conformément à la faculté que le feu Roy de glorieuse memoire, m'en a accordée par Lettres Patentes, verifiées en Parlement.

A cette institution particuliere au Duché d'Aiguillon, succedent en faveur de la même niece de la Testatrice, une autre institution particuliere aux Comtez d'Agenois & de Condomois, à la charge de les rendre au Marquis de Richelieu lorsqu'il se mariera; & enfin une institution universelle en tous les biens de la Testatrice.

Ces dispositions sont suivies des differentes substitutions dont on va rapporter exactement les termes.

Après le décès de madite niece, je lui substitue en mondit Duché & Pairie d'Aiguillon, M. le Marquis de Richelieu, mon petit neveu, (c'est le pere du Comte d'Agenois) auquel je substitue le fils aîné qu'il aura en legitime mariage, & audit fils aîné je substitue encore son fils aîné, & ainsi de mâle en mâle, gardant toûjours l'ordre & prérogative d'aînesse.

Et en cas que mondit petit-neveu vienne à déceder sans enfans mâles, ou que la ligne masculine vienne à manquer à ses enfans, je lui substitue celui qui sera lors Duc de Richelieu, pourvû qu'il soit descendu de mon frere.

Et en cas que ledit Duc de Richelieu décede sans enfans mâles, je

lui ſubſtitue le fils aîné qui ſera iſſu en legitime mariage de l'aînée de
mes petites nieces, & audit fils aîné ſon fils aîné, & ainſi de mâle en
mâle. Voulant que le même ordre ſoit gardé à l'égard du fils aîné de
la ſeconde de mes petites nices, & des mâles deſcendans d'icelui, en cas
qu'il n'y ait point d'enfans mâles de la premiere,& que le même ſoit encore
obſervé à l'égard du fils aîné de la troiſiéme, & des mâles deſcendans d'i-
celui,en cas qu'il n'y ait point d'enfans mâles de la ſeconde ; & s'il arrivoit
que mondit petit neveu, & celui qui ſera Duc de Richelieu, comme
je l'ai écrit ci-deſſus, & toutes mes petites nieces decedaſſent ſans enfans mâles, en ce cas je veux & prétens que ladite fille aînée de
mondit petit neveu, ſuccede à mondit Duché, & en cas qu'elle décede
ſans enfans, je lui ſubſtitue la puînée de mondit petit neveu, & ainſi
à l'égard des autres puînées, tant que la ligne durera.

Que ſi mondit petit neveu décede ſans laiſſer aucuns enfans, en ce
cas mondit Duché ſera recueilli & appartiendra à la fille aînée, iſſue
en legitime mariage de celui qui aura le Duché de Richelieu, tel que
je l'ai déſigné ci-deſſus ; & en cas de mort de ladite fille aînée ſans enfans, je lui ſubſtitue la puînée, & ainſi à l'égard des autres puînées
tant que la ligne durera.

Et ſi ledit Duc de Richelieu décede ſans laiſſer aucuns enfans, je
veux & entends que la fille aînée deſcendue de ma petite premiere niece,
en legitime mariage ſuccede à mondit Duché, & en cas que ladite aînée
décede ſans enfans, je lui ſubſtitue la puînée, & ainſi à l'égard des autres puînées, tant que la ligne durera.

Je veux & entends que le même ordre de ſubſtitution ſoit gardé à l'é-
gard des aînée, & puînées de ma ſeconde petite niece, en cas que ma
premiere petite niece décede ſans enfans ; & que le même ordre ſoit encore obſervé à l'égard des aînée & puînées de ma troiſième petite niece,
en cas que ma ſeconde petite niéce décede ſans enfans.

Que s'il arrivoit que mondit petit neveu, ledit Duc de Richelieu,
& meſdites trois petites nieces, decedaſſent ſans laiſſer aucuns enfans
iſſus en legitime mariage, enſorte que la ligne de feu mon frere défaillît

entierement ; en ce cas je veux , entends, & ordonne que mon Duché d'Aiguillon soit vendu à la diligence des Administrateurs de l'Hospital General, &c.

Le sistême du Comte d'Agenois est de dire que Louis XIII. par l'érection de la Pairie d'Aiguillon, en faveur de la Dame de Combalet * *A voulu non-seulement l'élever, elle personnellement à la premiere dignité à laquelle un sujet du Roy puisse aspirer , mais encore lui donner la* PLEINE ET ENTIERE LIBERTE' DE TRANSMETTRE SUCCES-SIVEMENT ET A TOÛJOURS CE MESME TITRE D'HONNEUR A TOUS CEUX DE SA FAMILLE QU'ELLE VOUDROIT CHOISIR SANS DISTINC-TION DE LIGNE NI DE SEXE. Quelles idées doit-on se former d'une prétention si extraordinaire ?

*Page 3.de la Consul-tation que le Comte d'Agenois a fait impri-mer.

L'élevation à la dignité de Pair de France, est la récompense la plus éclatante dont nos Rois puissent honorer un sujet, dis-tingué par la splendeur de son origine, & par l'importance de ses services ; plus cette grace est éminente, plus elle est propre à flatter l'ambition des plus grandes maisons du Royaume, moins il est permis d'y aspirer sans y être expressément appellé par la volonté du Souverain , à qui seul il appartient d'être dans ses états le distributeur d'une grace si singuliere. Et l'on ne conce-vra jamais qu'un aussi grand Roy que Louis XIII. ait eu inten-tion de communiquer à quelques-uns de ses sujets, & sur-tout à une femme, l'auguste prérogative de faire dans sa famille des Ducs & Pairs à l'infini, *sans distinction de ligne ni de sexe.* ; car il n'y a point de milieu, si la prétention du Comte d'Agenois pouvoit être écoutée, s'il étoit vrai que les lettres de 1638, eus-sent accordé à la Dame de Combalet, *la pleine & entiere liberté de transmettre successivement & à toûjours* la Pairie *à tous ceux de sa famille qu'elle voudroit choisir sans distinction de ligne ni de sexe* ; il s'ensuivroit que contre la volonté de Louis XIII. & par le seul suffrage de la Dame de Combalet , tous ceux dont elle parle dans cette longue suite de substitutions qu'elle a entassées les unes

unes fur les autres dans fon Teftament, & dont on vient de
rapporter les termes, feroient autant de perfonnes appellées
fucceffivement à receuillir une Pairie ; il s'enfuivroit, par exemple, qu'en vertu de la claufe qui appelle fucceffivement les enfans mâles des trois petites nieces de la Teftatrice, dont la troifiéme a époufé le Sieur Quelin Dupleffis, qu'on a vû au Pa-
lais Subftitut de M. le Procureur General, ce Subftitut auroit pû
un jour être agréablement furpris de voir fon fils revêtu de la
dignité de Duc & Pair de France ; il s'enfuivroit qu'en vertu
d'une autre claufe qui appelle les filles de ces mêmes petites
nieces de la Teftatrice, Madame Dalefme, femme d'un Con-
feiller au Parlement de Bourdeaux, & fille du Sieur Quelin &
de la troifiéme de ces petites nieces, pourroit inopinément ac-
querir la qualité de Duc & Pair, la communiquer à fon mari,
& la tranfmettre à fes defcendans mâles ou femelles. En un mot,
les difpofitions écrites dans le Teftament de la Dame de Combalet, deviendront une fource feconde & intariffable, qui tranf-
mettra par une infinité de canaux, l'honneur éminent de la Pairie, à une infinité de perfonnes obfcures & inconnues, aufquelles
Louis XIII. étoit bien éloigné de penfer. Eft-il quelqu'un qui
puiffe écouter de fang froid une propofition fi inouie ?

Après la mort de la Dame de Combalet, la Terre d'Aiguillon paffa à Magdelaine-Therefe de Vignerod fa niece, qui
prit alors dans le monde le nom de *Ducheffe d'Aiguillon*, & qui a
joui des rangs & honneurs de Ducheffe, fans avoir effuyé aucune
contradiction de la part des Pairs de France ; mais cela n'eft
pas bien extraordinaire, & le Comte d'Agenois ne peut pas tirer
delà le plus leger avantage. Quel interêt les Pairs de France
pouvoient-ils avoir de contefter la jouiffance de ces honneurs
paffagers à une fille, fur la tête de laquelle l'office viril de Pair
de France, ne pouvoit jamais réfider, que fon fexe rendoit plei-
nement inhabile à poffeder un office de la Couronne, dont les

B

auguftes fonctions ne peuvent jamais être remplies que par un mâle, qui ne penfoit point à fe marier, qui ne s'eft point mariée en effet, & dont le mari, fuppofé qu'elle fe fût mariée, n'auroit pû jouir des honneurs de la Pairie, qu'au cas que le Roi, par des Lettres Patentes bien précifes, en agréant le mariage, eût élevé ce mari à la dignité de Pair de France.

Mais après la mort de Magdelaine-Therefe de Vignerod, arrivée à la fin de 1704, quand on a vû que le Marquis de Richelieu, pere du Comte d'Agenois, & premier appellé à la fubftitution d'Aiguillon, fe donnoit des mouvemens pour avoir la liberté de pourfuivre fa reception en la Cour, plufieurs Pairs de France formerent des oppofitions à fa réception, entre les mains de M. le Procureur General ; & s'il n'y eût pas alors un plus grand nombre d'oppofitions, ce ne fut que par ce que la prétention du Marquis de Richelieu fut étouffée dans fon principe. Par le fuffrage de Louis XIV. qui fur le rapport que lui en fit M. le Chancelier de Pontchartrain, & en connoiffance de caufe, trouva la prétention du Marquis de Richelieu fi extraordinaire, & fi contraire aux regles, qu'il ne voulut ni s'en réferver la connoiffance, ni la renvoyer devant fon Parlement; & depuis cet évenement, le Marquis de Richelieu a gardé un profond filence jufqu'à fa mort, qui n'eft arrivée qu'au mois d'Octobre 1730. c'eft-à-dire, plus de 26. ans après.

Le Comte d'Agenois s'eft flatté d'être plus heureux que fon pere, & après avoir fait quelques tentatives qui n'ont point réuffi, pour que le Roy prît connoiffance de l'affaire par lui-même, il a été obligé de faire affigner en la Cour tous les Ducs qui s'oppofent à fa prétention.

Les Memoires que le Comte d'Agenois a répandus dans le Public, ont annoncé qu'il fonde fa prétention fur deux titres, les Lettres de 1638, & le Teftament de la Dame de Combalet de 1674.

Il prétend que par les Lettres de 1638, l'érection d'Aiguillon en Duché Pairie, a été faite en faveur de la Dame de Combalet, & de tous ceux d'entre ses collateraux, mâles ou femelles, qu'elle voudroit choisir ; que les termes *d'heritiers & successeurs* employez dans ces lettres, ne peuvent jamais s'entendre des descendans en ligne directe de la Dame de Combalet, qui n'avoit jamais eu d'enfans, & de qui l'on ne pouvoit pas naturellement en attendre, mais seulement de ses collateraux, entre lesquels l'ordre de succeder au Duché d'Aiguillon ne peut être réglé que par le choix & la détermination de la volonté de la Dame de Combalet ; que par les differentes vocations écrites dans le Testament de 1674, la Dame de Combalet n'a fait qu'user de la liberté qui lui étoit accordée par les Lettres patentes de 1638, & que l'Edit de 1711, ne peut jamais faire d'obstacle au progrès de ces differentes vocations.

Il est singulier que dans une contestation importante qui s'éleve au sujet de l'érection & de l'extinction d'une Pairie, le comte d'Agenois qui aspire à la dignité de Pair de France, ne puisse soutenir ses prétentions, qu'en essayant de se soustraire à l'autorité d'un Edit solemnel, dans la promulgation duquel le feu Roy s'est proposé pour objet de faire *un réglement general pour les Duchez & Pairies.* Mais malgré tous ses efforts, il ne parviendra jamais à éluder l'application de cet Edit, dont le préambule & les articles 4. & 5. fournissent des argumens décisifs & sans réplique contre sa demande.

On apprend dans le préambule que depuis la réunion des anciennes Pairies laïques à la Couronne, dont elles étoient émanées, nos Rois pour les remplacer en ont créé de nouvelles, *d'abord en faveur des seuls Princes de leur sang, & ensuite en faveur de ceux de leurs sujets que la grandeur de leur naissance, & l'importance de leurs services en ont rendus dignes ;* que les titres de Pairs de France se sont multipliez ; que toutes les grandes

B ij

Maifons en ont défiré l'éclat ; que plufieurs l'ont obtenu, & que *par une efpece d'émulation de faveur & de crédit, elles fe font efforcées à l'envi de trouver dans le comble même des honneurs, de nouvelles diftinctions, par des claufes recherchées avec art*, SOIT POUR PERPE-TUER LA PAIRIE DANS LEUR POSTERITE' AU-DELA DE SES BOR-NES NATURELLES ; SOIT POUR FAIRE REVIVRE EN LEUR FAVEUR DES RANGS QUI E'TOIENT E'TEINTS , ET DES TITRES QUI NE SUBSISTOIENT PLUS; *que dans cette multitude de* DISPOSITIONS NOU-VELLES ET SINGULIÈRES, *que l'ambition des derniers fiécles a ajoû-tées à la fimplicité des anciennes érections*, les Officiers du Parle-ment, Juges naturels fous l'autorité du Roy , des differends illuftres qui fe font élevez au fujet des Pairies, *entraînez d'un côté par le poids des regles generales , & retenus de l'autre par la force des claufes particulieres qu'on oppofoit à ces mêmes régles* , ont cru devoir fufpendre leur jugement, & fe contenter de rendre des Arrefts provifionnels, en attendant une décifion fuprême, *qui fixant pour toûjours le droit des Pairies , pût affermir les veri-tables principes de la tranfmiffion des Pairies , ou mafculines ou femini-nes, & déterminer fouverainement le fens legitime de toutes les ex-preffions équivoques , à l'ombre defquelles on a fi fouvent oppofé en cette matiere la Lettre de la grace à l'efprit du Prince qui l'avoit ac-cordée.* Enfin il eft annoncé que l'objet de l'Edit eft de *prévenir tous les differends qui fe pourroient former à l'avenir à l'occafion de l'érection ou de l'extinction des Pairies.*

Ces expreffions majeftueufes que le Legiflateur employe, pour développer le grand objet qui a fixé fon attention, pré-fentent naturellement à l'efprit des reflexions qui ne font pas favorables au Comte d'Agenois.

Si l'honneur de la Pairie, par fa nature & par fon élevation, doit être refervé ou aux Princes du Sang, ou à ces fujets pri-vilegiez, que la grandeur de leur naiffance, & l'importance de leurs fervices mettent à portée d'afpirer aux dignitez les plus éminentes, de quel œil doit-on envisager aujourd'hui une Pairie érigée en faveur d'une femme, qui n'avoit certainement point rendu à l'Etat de ces services signalez, dont la Pairie est la récompense; & qui par conséquent ne pouvoit être redevable d'une grace aussi extraordinaire, qu'au crédit prodigieux d'un grand Ministre dont elle étoit niéce, & dont elle possedoit toute l'affection? Dira-t'on que cette grace étoit dûe aux services éclatans du Cardinal de Richelieu? mais ce Ministre étoit déja comblé des faveurs de son Roy; & dans l'espace de moins de trois années, depuis 1631. jusqu'en 1634. il avoit déja obtenu en sa faveur l'érection de deux Duchez-Pairies. * Ainsi, bien loin que les clauses de l'érection d'Aiguillon, en Duché-Pairie en faveur de la Dame de Combalet, puissent être susceptibles de quelque extension, il n'y a personne qui ne conçoive par les seules lumieres de la raison, qu'on doit plutôt s'attacher à les restraindre dans les bornes les plus étroites; & l'on ne supposera jamais que Louis XIII. ce Monarque qui a merité le glorieux surnom de *Juste*, ait eu intention de rendre la Dame de Combalet la maîtresse de faire passer successivement la dignité de la Pairie sur la tête de toutes les personnes, en faveur de qui font écrites les differentes vocations que renferme son Testament.

*Richelieu & Fronsac.

Mais, quoi qu'il en soit, il est du moins certain que dans toutes les contestations qui s'élevent au sujet de la transmission des Pairies, on ne doit puiser les principes de décision que dans l'Edit de 1711. C'est une verité, à l'évidence de laquelle il est impossible de se refuser; & cette verité suffit seule pour détruire sans ressource le système du Comte d'Agenois. Reprenons quelques termes du préambule de cet Edit.

Depuis que les titres de Pairs de France se sont multipliez, les grandes maisons du Royaume, par une espece d'émulation de faveur & de crédit, se font efforcées à l'envi de trouver dans le comble même des honneurs de nouvelles diſtinctions, par des clauſes recherchées avec art, ſoit pour perpétuer la Pairie dans leur poſterité au-delà de ſes bornes naturelles, ſoit pour faire revivre en leur faveur des rangs éteints, & des titres qui ne ſubſiſtoient plus.

De ces clauſes nouvelles & recherchées avec art, que l'ambition des derniers ſiécles a ajoûtées à la ſimplicité des anciennes érections, il eſt né un inconvénient auquel le feu Roy s'eſt propoſé de remedier : quand il s'eſt élevé des conteſtations ſur l'érection ou l'extinction de quelques Pairies, la Cour à qui, ſous l'autorité du Roy, il appartient de décider ces differends illuſtres, s'eſt trouvée dans l'embarras & dans l'incertitude. D'un côté, les ſuffrages de la Cour paroiſſoient devoir être entraînez par le poids des regles generales : mais d'un autre côté, ils étoient retenus par la force des clauſes particulieres, à la faveur deſquelles on s'efforçoit de ſe ſouſtraire aux regles generales ; & dans cette perpléxité naiſſante du combat des principes generaux de la matiere des Pairies, & de la force des clauſes particulieres inſerées dans les differentes Lettres d'érection, la Cour ne vouloit pas prendre ſur elle de décider définitivement ces conteſtations importantes, elle ne rendoit que des jugemens proviſoires, & elle attendoit de l'autorité ſuprême du Roy, une déciſion ſalutaire qui fixât pour toûjours le droit des Pairies, qui affermît les veritables principes de la tranſmiſſion des Pairies ou maſculines ou feminines, & qui déterminât ſouverainement le ſens légitime de toutes les expreſſions équivoques, à l'ombre deſquelles on avoit ſi ſouvent oppoſé la Lettre de la grace à l'eſprit du Prince qui l'avoit accordée.

C'eſt pour remplir ce grand objet, *pour prévenir tous les differends qui ſe pourroient former à l'avenir à l'occaſion de l'érection ou de l'extinction des Pairies*, que le feu Roy a fait l'Edit de 1711.

Mais, quelles étoient ces expreſſions équivoques, *à l'ombre deſquelles on avoit ſi ſouvent oppoſé la Lettre de la grace à l'eſprit du Prince qui l'avoit accordée ?* Quelles étoient ces clauſes recherchées avec art, dont on ſe prévaloit pour éluder l'application des principes generaux de la matiere des Pairies ? c'eſt ce qu'on trouve expliqué dans les articles 4. & 5. de l'Edit de 1711.

Suivant les principes generaux de la matiere des Pairies, l'érection d'une Pairie forme un tout compoſé de deux parties, d'un Office & d'un Fief.

Que la dignité de Pair de France ſoit un Office, c'eſt une vérité que perſonne ne peut entreprendre de conteſter. Pour s'en convaincre, il ne faut que conſiderer le ſerment que prêtent en la Cour tous ceux qu'il plaît à nos Rois de revêtir de cette éminente dignité. L'un des principaux articles de leur ſerment eſt de promettre *d'aſſiſter le Roy dans ſes plus hautes & plus importantes affaires.*

Les fonctions les plus éclatantes de cet Office ſont d'aſſiſter au Sacre & au Couronnement de nos Rois, d'y ſoutenir leur Couronne, de prendre ſéance en la Cour, d'y avoir voix déliberative, & de décider de l'execution de la Loy Salique.

Par ces attributs inſéparablement attachez à la dignité de Pair de France, on juge aiſément qu'ils ne peuvent jamais ſe communiquer à une femme, & que le ſexe feminin reſiſte à l'impreſſion du titre d'un Office ſi diſtingué, & ſi eſſentiellement maſculin.

La ſeule difference qu'il y ait entre l'Office de Pair de France, & les Offices ordinaires conſiſte, en ce que par rapport aux Offices ordinaires à chaque mutation d'Officier, le Prince imprime ſur la tête du ſucceſſeur le caractere d'Officier public par de nouvelles proviſions; au lieu qu'à l'égard des Pairies, les Lettres d'érection tiennent lieu de proviſion, non ſeulement à celui pour qui la Pairie eſt érigée, mais encore ſucceſſivement à tous ſes deſcendans mâles, qui ſe trouvent revêtus de l'Office de Pair de France, ſans avoir beſoin de nouvelles Lettres. Mais du moins dans la formation primitive de l'Office de Pair de France, il faut un choix du Souverain déterminé à une certaine perſonne, & à ſes deſcendans mâles.

A l'égard du Fief dont l'union avec l'Office concourt à la compoſition de la Pairie, s'il n'eſt pas comme dans les anciennes Pairies originairement demembré du domaine de la Couronne, il s'y réunit néanmoins en quelque façon dans le tems de l'érection de la Pairie; & pour lors on eſt obligé de feindre d'un côté, que le Vaſſal remet la Terre entre les mains du Roy; & que de l'autre côté, le Roy la lui accorde de nouveau par un titre d'inféodation ſi noble & ſi excellent, qu'il change la qualité de la Terre, & l'ordre & la nature de la mouvance; & c'eſt ſur ce principe qu'eſt fondée la diſpoſition des Ordonnances du Royaume, qui prononcent la réunion de la Terre érigée en Pairie au domaine de la Couronne, au défaut d'enfans mâles : en ſorte que la dignité de Duché ou de Comté à laquelle eſt élevée la Terre décorée de la Pairie, la rapproche du domaine de la Couronne, ou, pour parler plus éxactement, l'y incorpore, de maniere que ſi le Roy, par une grace expreſſe & particuliere, n'en conſerve la proprieté aux filles & aux parens collateraux, la Terre ne peut ſurvivre à la dignité; & lorſque par l'extinction des mâles deſcendus de celui pour qui l'érection de la Pairie a été faite, la dignité de Pair de France ſe trouve éteinte & réunie à la ſeigneurie publique, la Terre ſe réunit au Domaine de la Couronne dont elle eſt cenſée faire partie.

Ainſi l'érection d'une Pairie n'eſt autre choſe que la fondation d'un fidei-commis purement maſculin, qui embraſſe en même-tems & un Office de la Couronne, & une grande Terre, qui ſont unis, mais qui ne ſont pas confondus; & comme ce

fidei-

fidei-commis eſt uniquement deſtiné à rouler dans la deſcen-
dance maſculine de celui pour qui la Pairie eſt érigée, ſes filles
& ſes collateraux en ſont abſolument exclus. Voilà en peu de
mots l'analiſe des principes fondamentaux de la matiere des
Pairies.

Malgré la certitude de ces principes generaux, on ſe trou-
voit ſouvent embarraſſé dans leur application, par la biſarrerie & la ſingularité de quelques clauſes inſerées dans pluſieurs
érections de Pairies. Au lieu de renfermer le progrès de la
Pairie dans ſes bornes naturelles, c'eſt-à-dire, dans la deſcen-
dance maſculine de celui à qui la grace de l'érection a été accordée, on avoit affecté de faire inſerer les termes vagues d'*hoirs*,
d'*heritiers*, de *ſucceſſeurs*, d'*ayans cauſe*. Dans d'autres on avoit
porté l'ambition encore plus loin, & l'on y avoit ajouté des
expreſſions pour y appeller les femelles. A la faveur de ces
clauſes, à la faveur de ces expreſſions vagues, de la generalité
deſquelles on abuſoit, lorſqu'on vouloit faire uſage des principes generaux pour exclure de la Pairie les filles ou les collateraux de celui qui avoit obtenu l'érection, on s'efforçoit d'éluder l'application de ces principes, pour faire paſſer la Pairie
ſoit aux collateraux, ſoit aux filles, ſoit enfin à leurs deſcendans
à l'infini.

C'eſt le progrès de cet abus énorme que le feu Roy a voulu
arrêter par les articles IV. & V. de l'Edit de 1711.

L'article IV. porte : *par les termes* D'HOIRS ET SUCCESSEURS,
& par les termes D'AYANS CAUSE *tant inſerez dans les Lettres
d'érection* CI-DEVANT ACCORDE'ES, *qu'à inſerer dans celles qui
pourroient être accordées à l'avenir*, NE SERONT ET NE POURRONT
ESTRE ENTENDUS *que des enfans mâles deſcendus de celui en faveur
de qui l'érection aura été faite, & que les mâles qui en ſeront deſcendus de mâles en mâles, en quelque ligne & degré que ce ſoit.*

Article V. *Les clauſes generales* INSERE'ES CI-DEVANT *dans*

C

quelques Lettres d'érection de Duchez & Pairies en faveur des femelles, & qui pourroient l'être en d'autres à l'avenir, n'auront aucun
effet qu'à l'égard de celle qui descendra & sera de la maison & du
nom de celui en faveur duquel les Lettres auront été accordées ; &
à la charge qu'elle n'épousera qu'une personne que nous jugerons digne
de posseder cet honneur, & dont nous aurons agréé le mariage par des
Lettres Patentes qui seront adressées au Parlement de Paris, & qui
porteront confirmation du Duché en sa personne & descendans mâles ;
& n'aura ce nouveau Duc, rang & séance que du jour de sa reception audit Parlement sur nosdites Lettres.

L'article VII. du même Edit permet à l'aîné des mâles descendans en ligne directe de celui en faveur duquel l'érection des Duchez
& Pairies aura été faite, de les retirer des filles qui se trouveront en
être proprietaires, en leur en remboursant le prix dans six mois, sur
le prix du denier 25. du revenu actuel.

Enfin, le dernier article de cet Edit ordonne, que ce qui est
porté par l'Edit pour les Ducs & Pairs, ait lieu pareillement pour les
Ducs non Pairs.

Rien n'est plus clair, rien n'est plus précis que ces dispositions. Pour ce qui concerne la transmission des Pairies, tous les
doutes sont éclaircis, toutes les difficultez sont aplanies. Il ne
peut plus desormais y avoir de combat entre les principes generaux, & la force des clauses particulieres ; entre la Lettre de
la grace, & l'esprit du Prince qui l'a accordée. Et par quel
expédient le Legislateur est-il parvenu à faire cesser ce combat ? En déterminant souverainement le sens des expressions
équivoques dont on abusoit pour déranger l'application des
principes generaux, & en restraignant la signification des termes trop vagues & trop generaux, à un sens qui puisse se concilier avec les principes fondamentaux de la matiere des Pairies.
Et pourquoi l'Edit de 1711. produit-il un effet rétroactif ?
pourquoi ses dispositions, à l'égard de la transmission des Pai-

ries, s'appliquent-elles non seulement aux Lettres d'érection posterieures à l'Edit, mais encore à celles qui y sont anterieures? Parce que cet Edit n'introduit point une jurisprudence nouvelle, parce qu'il ne fait qu'affermir les veritables principes de la transmission des Pairies, parce qu'enfin il ne fait que rappeller des veritez primitives & fondamentales, de la certitude desquelles long-tems avant l'Edit, ceux qui vouloient prendre la peine de puiser dans les veritables sources, étoient en état de se convaincre, mais que la cupidité & l'ambition s'efforçoient d'obscurcir.

Et quelles sont ces veritez primitives & fondamentales sur la transmission des Pairies, que l'Edit de 1711. a rappellées & mises hors de toute atteinte.

1°. L'honneur de la Pairie n'est & ne peut être, par sa nature & son élevation, que la récompense d'une vertu virile & masculine.

2°. Dans toutes les érections des Pairies, les termes *d'hoirs, de successeurs, d'ayans cause,* qui, par leur generalité, semblent devoir s'appliquer également aux femelles comme aux mâles, aux heritiers collateraux comme aux heritiers directs, *ne seront & ne pourront être entendus,* mêmes dans les érections anterieures à l'Edit, que des mâles descendus en ligne directe & masculine de celui pour qui l'érection a été faite; & les Pairies sont tellement affectées aux mâles descendans par mâles de celui qui a obtenu l'érection, que quand la proprieté de la Terre passe à une fille par la voie du sang & par la pente de la succession, le mâle qui a l'avantage d'être descendu de celui en faveur duquel la Pairie a été érigée, est en droit de retirer la Terre érigée en Pairie des mains de la fille qui l'a recueillie, même dans la succession de son pere, à la charge de lui en rembourser le prix sur le pied du denier vingt-cinq du revenu actuel.

C ij

3°. Lors même que par l'érection les femelles sont expressément appellées, cette clause ne produit d'effet qu'à l'égard d'une seule femelle, *à l'égard de celle qui descendra & sera de la maison* ET DU NOM *de celui en faveur duquel les Lettres auront été accordées* ; & elle ne jouit de cette grace qu'à la charge qu'elle n'épousera qu'une personne, que le Roy jugera digne de posseder l'honneur de la Pairie, & dont il aura agréé le mariage par des Lettres Patentes qui seront adressées à la Cour, & qui porteront confirmation du Duché en sa personne & ses descendans mâles, en sorte que par là le Duché redeviendra purement masculin ; & l'honneur de la Pairie est si peu communiqué au mari par sa femme, que ce nouveau Duc n'a de rang & de séance que du jour de sa réception au Parlement, sur les nouvelles Lettres qui sont expediées en sa faveur.

Comment le Comte d'Agenois parviendra-t'il à concilier son système avec ces principes lumineux, disertement écrits & rappellez dans un Edit solemnel, qui a été fait *pour prévenir tous les differends qui se pourroient former à l'avenir à l'occasion de l'érection ou de l'extinction des Pairies.*

Il est vrai que par le Testament de la Dame de Combalet, il est expressément appellé à la substitution d'Aiguillon, mais cela ne suffit pas pour l'autoriser à poursuivre en la Cour sa réception en qualité de Duc & Pair ; il faut qu'il prouve que par l'érection d'Aiguillon, les collateraux de la Dame de Combalet sont expressément appellez à la Pairie, & que la Dame de Combalet a eu la liberté de lui transmettre la dignité de Pair de France.

Il faut donc necessairement remonter aux Lettres d'érection d'Aiguillon en Duché-Pairie. Voyons ce qu'elles portent : *pour en jouir par ladite Dame, ses heritiers & successeurs tant mâles que femelles, tels qu'elle voudra choisir, perpétuellement & à toûjours sous le nom & appellation d'Aiguillon.*

La premiere difficulté qu'il faut éclaircir, eſt de ſçavoir ce que ſignifient ces termes, *d'heritiers & ſucceſſeurs*. Doivent-ils s'entendre également des heritiers directs & collateraux ? doit-on en reſtraindre la ſignification aux ſeuls heritiers directs ?

Cette difficulté ſe trouve applanie par la ſeule lecture de l'article IV. de l'Edit de 1711. qui porte, que *par les termes* D'HOIRS ET SUCCESSEURS, *& par les termes* D'AYANS CAUSE, *tant inſerez dans les Lettres d'érection* CI-DEVANT ACCORDE'ES, *qu'à inſerer dans celles qui pourroient être accordées à l'avenir*, NE SERONT ET NE POURRONT ESTRE ENTENDUS *que les enfans mâles deſcendus de celui en faveur de qui l'érection aura été faite, & que les mâles qui en ſeront deſcendus de mâles en mâles, en quelque ligne & degré que ce ſoit.*

Il eſt donc certain qu'en matiere de Pairies, les termes vagues & generiques *d'heritiers, de ſucceſſeurs*, ne ſont & ne peuvent être entendus que des deſcendans en ligne directe, & qu'on ne peut jamais les appliquer aux collateraux.

S'il s'agiſſoit d'une érection faite dans le principe en faveur d'un mâle, ces termes *d'heritiers de ſucceſſeurs*, ne produiroient de vocation à la Pairie qu'en faveur des ſeuls deſcendans du premier Pair, & les collateraux de ce même Pair ne pourroient jamais en tirer avantage. Par quelle biſarrerie ces mêmes termes pourroient-ils avoir une ſignification plus étendue dans des Lettres d'érection accordées à une femelle ? Le Comte d'Agenois ne deſcend point de la Dame de Combalet, il deſcend de François de Vignerod, frere de la Dame de Combalet : les principes de la matiere des Pairies, & les diſpoſitions de l'Edit de 1711. le mettent abſolument hors d'état de s'appliquer les termes *d'heritiers & ſucceſſeurs*, écrites dans l'érection d'Aiguillon.

Mais, dit-on, l'objet des Lettres de 1638. a moins été de récompenſer les rares & éminentes qualitez de la Dame de

Combalet, que de reconnoître dans sa personne & dans ceux qui devoient naturellement lui succeder, les services importans du Cardinal de Richelieu. *Ce grand Ministre avoit pour ainsi dire adopté la maison de Vignerod*, par l'alliance qu'il avoit faite avec elle. De si puissans motifs étoient bien capables de déterminer une grace singuliere. On ne doit pas s'étonner de trouver dans les dispositions du Souverain à l'égard d'un si digne & si illustre personnage, une volonté marquée de rendre les récompenses qu'il lui destinoit, aussi durables que le devoit être la gloire de son ministere. C'est dans ce point de vûe que Louis XIII. voulut bien, en érigeant la Terre d'Aiguillon en Duché Pairie en faveur de la niece du Cardinal de Richelieu, non-seulement *l'élever elle personellement à la premiere dignité à laquelle un sujet du Roy puisse aspirer, mais encore lui donner* LA PLEINE ET ENTIERE LIBERTÉ DE TRANSMETTRE SUCCESSIVEMENT ET A TOUJOURS CE MESME TITRE D'HONNEUR A TOUS CEUX DE SA FAMILLE QU'ELLE VOUDROIT CHOISIR, SANS DISTINCTION DE LIGNE NI DE SEXE. Il n'est pas douteux que par les termes d'*heritiers & successeurs*, ce ne soient expressément les collateraux de Marie de Vignerod qui se trouvent appellez, il étoit impossible que dans la situation où étoient alors les choses, on eût en vûe une posterité de Marie de Vignerod; elle étoit veuve depuis 16 années; & n'avoit point d'enfans; un si long veuvage faisoit perdre toute esperance d'un nouvel engagement; d'ailleurs ces termes *heritiers & successeurs* ausquels le Roy dans le préambule des Lettres avoit declaré vouloir étendre ses graces, dans la personne desquels il n'avoit voulu gratifier que le Cardinal de Richelieu, ne pouvoient indiquer que ceux qui porteroient le nom de *Vignerod*, qui composoient sa famille, & qui étoient en possession de toutes ses affections. L'application des termes d'*heritiers & successeurs* aux collateraux de la Dame de Combalet, évidente dans les Lettres de 1638. s'est encore ma-

nifeftée plus fingulierement dans l'effet qu'on leur a donné après
la mort de la Dame de Combalet. Elle avoit appellé à la pof-
feffion de fon Duché d'Aiguillon Magdeleine de Vignerod fa
niéce, qui en vertu du Teftament de 1674. *a joui de tous les hon-*
neurs attachez à la dignité de Duc & Pair de France, au moins de
ceux dont une femme peut être capable. Mais ce Teftament ne fe
borne pas à la feule vocation de Magdeleine de Vignerod. Les
Lettres de 1638. autorifoient expreffément la jouiffance du
Duché en faveur de *tels* des heritiers & fucceffeurs de la Dame
de Combalet qu'elle voudroit choifir; ce terme *tels*, qui doit
neceffairement s'entendre d'une vocation de plufieurs, ne pou-
vant s'entendre à l'égard d'un Duché qui eft impartable, d'une
vocation de plufieurs, pour jouir *concurremment*, doivent donc
s'entendre de plufieurs, pour jouir *fucceffivement* dans l'ordre des
differentes vocations écrites dans le Teftament de la Dame de
Combalet, elle ne penfa point à appeller les enfans de Magdeleine de Vignerod fa niece, parce qu'ils n'auroient pu porter
qu'un nom étranger à celui de *Vignerod*, & qu'en cela elle fe
feroit totalement écartée, & de l'objet de la grace qui lui avoit
été accordée, & des vûes du Cardinal de Richelieu à qui elle
la devoit; elle fubftitua directement à Magdeleine de Vignerod
le Marquis de Richelieu, par qui les propres enfans de la feconde
Ducheffe d'Aiguillon auroient été exclus, fi elle en avoit eu.
Enfin ce qui prouve que les Lettres d'érection de 1638. ont
eu en vûe les collateraux de la Dame de Combalet, c'eft la liberté qu'elles lui accordent de choifir entre fes heritiers & fucceffeurs tous ceux aufquels elle voudroit tranfmettre fa dignité.
Si l'on avoit eu en vûe fes enfans, lui auroit-on laiffé la liberté
de préferer le cadet à l'aîné, & d'intervertir par là l'ordre de
tout tems établi pour la fucceffion des Duchez-Pairies; l'Edit
de 1711. n'a point d'application; fon objet eft feulement de
déterminer le fens des expreffions équivoques, à l'ombre defquelles on

avoit souvent en cette matiere opposé la lettre de la grace à l'esprit du Prince qui l'avoit accordée; & pour remplir cet objet l'article 4. décide que *dans les cas ordinaires* les termes *heritiers & successeurs,* ne peuvent s'entendre que des descendans en ligne directe; qu'on n'aura point d'égard à la maniere oblique & équivoque avec laquelle ces expressions auront été employées, pour en induire un jour qu'une grace que le Prince n'aura voulu accorder qu'aux descendans du premier Duc, doit néanmoins s'étendre au-delà; il a voulu aussi prévenir l'abus qu'on pourroit faire de ces expressions generales, pour les appliquer aux filles ou à leurs descendans mâles, lorsque l'intention du Souverain n'auroit été que d'appeller les mâles descendans par mâles; mais lorsque la volonté du Souverain est claire & certaine, que les termes qui l'expriment n'ont rien d'équivoque; qu'ils comprennent *expressement ou necessairement les collateraux & les filles,* alors la loi souveraine & décisive est celle que le Prince a lui-même dictée dans les Lettres, & l'intention de l'Edit de 1711. ne fut jamais d'y déroger. D'ailleurs quoique l'Edit de 1711. ait un effet rétroactif, on ne peut pourtant supposer qu'il ait eu la force de dépouiller d'un droit acquis ceux qui en étoient actuellement revêtus. Or dès 1704. le Marquis de Richelieu avoit un droit acquis par la mort de la seconde Duchesse d'Aiguillon. Si le Marquis de Richelieu avoit été reçu Duc en 1704. comme il le devoit être, l'Edit de 1711. n'auroit pu être opposé ni à lui ni à aucun de ses successeurs. A la verité il ne l'a pas été, mais son droit ne lui étoit pas moins acquis; le cas de sa vocation étoit arrivé; on n'avoit alors aucun prétexte à lui opposer pour l'empêcher d'en jouir; son indolence n'a pu préjudicier au Comte d'Agenois. L'article 5. de l'Edit de 1711. est encore plus étranger à l'espece, il suppose dans des Lettres d'érection d'un Duché purement masculin des clauses generales en faveur des femelles; il veut qu'elles n'ayent effet qu'à l'égard de celle

qui

qui defcendra en ligne directe du premier Duc, au lieu qu'il s'agit ici d'un Duché érigé en faveur d'une femme & de fes heritiers & fucceffeurs, tant mâles que femelles, tels qu'elle voudra choifir.

Le Comte d'Agenois ne nous accufera pas d'avoir affoibli fes argumens, que l'on peut réduire à trois objections principales.

La premiere, que les Lettres de 1638. renferment une vocation, finon expreffe du moins *neceffaire* des Collateraux de la Dame de Combalet qui portoient fon nom, c'eft-à-dire le nom de *Vignerod*.

La feconde, qu'entre ces collateraux du nom de *Vignerod*, la Dame de Combalet a eu la liberté de faire non feulement un choix, mais plufieurs choix de plufieurs collateraux, pour recueillir fucceffivement la Pairie d'Aiguillon.

La troifiéme, que l'Edit de 1711. n'a point d'application à l'efpece, foit parce qu'il n'a eu en vûe que les érections ordinaires, où la volonté du Souverain ne paroît pas clairement déterminée à faire paffer la Pairie aux collateraux ou aux filles, foit parce que le Marquis de Richelieu, pere du Comte d'Agenois, avoit dès 1704. un droit acquis dont l'Edit de 1711. n'a pu le dépouiller.

Eft-il vrai que les Lettres de 1638. renferment une vocation ou expreffe ou du moins *neceffaire* des collateraux de la Dame de Combalet qui portoient le nom de Vignerod ?

Il eft certain d'abord qu'il n'y a point de vocation expreffe, ni en general des collateraux, ni en particulier d'aucun collateral ; il n'eft parlé que d'*heritiers & fucceffeurs mâles ou femelles*.

Au défaut de cette vocation expreffe, d'où prétend-t'on induire cette autre efpece de vocation qu'on appelle *neceffaire ?*

La Dame de Combalet, dit-on, n'avoit jamais eu d'enfans, elle étoit veuve depuis 16. ans, après un fi long veuvage, il

D

n'étoit pas naturel d'en attendre ; d'où il suit que les termes *d'heritiers & succeffeurs* ne s'appliquent neceffairement qu'à fes collateraux ; & comme le principal objet des Lettres de 1638, a été de récompenfer les fervices du Cardinal de Richelieu, dans la perfonne de la Dame de Combalet fa niece , & de ceux qui devoient naturellement lui fucceder , il s'enfuit que ces collateraux appellez par les termes *d'heritiers & succeffeurs*, font ceux qui portoient le nom de *Vignerod*, & qui poffedoient toute l'affection du Cardinal de Richelieu, par lequel ils avoient été pour ainfi dire *adoptez*.

Mais 1°. quoique la Dame de Combalet n'eût point d'en-fans , & qu'elle fût veuve depuis 16. ans , il n'y avoit aucun obftacle qui la conftituât dans l'impuiffance de fe remarier, & dès qu'en 1638, elle n'avoit que 33. à 34. ans, il étoit très-naturel d'efperer qu'en fe remariant , elle pourroit avoir des enfans. Ceux même qui ont quelque connoiffance des évene-mens de ce tems-là ; fçavent parfaitement que le Cardinal de Richelieu ne défiroit rien avec tant d'ardeur , que de lui pro-curer un mariage avantageux , & il eft évident que rien n'étoit plus propre à lui faciliter une alliance honorable, que de l'éle-ver à la qualité de Ducheffe , & de lui faciliter par la liberté du choix dans fa defcendance, les moyens de pourvoir avan-tageufement un puîné. Par conféquent il eft impoffible de pré-fumer cette efpece de vocation des collateraux que le Comte d'Agenois appelle *neceffaire* & qu'en matiere de Pairie on ne peut induire des termes *d'heritiers & succeffeurs*, que quand les Lettres d'érection où ces termes font écrits , font accordées à une perfonne qui fe trouve réduite à une impoffibilité phyfique & abfolue d'avoir des enfans legitimes ; par exemple, fi l'érection eft faite en faveur d'un homme engagé dans les ordres facrez, ou en faveur d'une femme que fon âge & le cours de la nature, mettent hors d'état d'afpirer à la qualité de mere.

2°. Si dans les Lettres de 1638, il n'y a ni vocation expresse ni vocation *necessaire* des collateraux en general, il est encore plus difficile d'y appercevoir cette vocation expresse ou necessaire de ceux qui portoient le nom de *Vignerod*.

Les principes sont certains dans la matiere des Pairies, il n'est pas permis de donner carriere à son imagination. Quand il est question de faire passer une Pairie à des collateraux, il faut une disposition claire & précise, qui forme sans ambiguité une exception à la régle generale, suivant laquelle la Pairie ne peut passer qu'aux descendans de la personne pour qui elle a été érigée. Et cette régle est si certaine & si incontestable que pour lui conserver toute son autorité & toute sa force, dans le langage des Pairies, on restraint aux seuls descendans la signification des termes les plus generaux, qui dans toutes les autres matieres s'appliquent aux collateraux, comme aux heritiers directs. Si l'on avoit eu en vûe de faire passer la Pairie d'Aiguillon dans la famille de Vignerod, on n'auroit pas manqué de les appeller expressément, & dès qu'on n'apperçoit point cette vocation précise en leur faveur, ils ne peuvent se soustraire au joug des regles generales qui les excluent sans ressource de cette Pairie, par la seule raison qu'ils ne descendent point de la Dame de Combalet en faveur de qui elle a été érigée.

Est-il vrai que la Dame de Combalet ait eu la liberté de faire passer par son seul choix, la dignité de Pair de France à plusieurs de ses collateraux successivement? C'est ici que se développe clairement toute l'illusion du sistême du Comte d'Agenois.

1°. Comment supposer que la Dame de Combalet ait pu transmettre ce qu'elle n'a pas possedé elle-même?

On a établi que dans la composition d'une Pairie, il y entre un mélange d'office & de fief, l'office & les fonctions augustes qui y sont attachées, & qui font le principal éclat de la Pairie, sont absolument incompatibles avec le sexe feminin. Si

D ij

la Dame de Combalet s'étoit mariée depuis l'érection de 1638. elle n'auroit pu communiquer à son mari, un titre qui n'avoit jamais résidé sur sa tête, & son mari n'auroit pû être élevé à la dignité de Pair de France, qu'à la faveur de nouvelles Lettres du Prince, en vertu desquelles il n'auroit eu de rang & de séance que du jour de sa réception en la Cour. Cette verité est disertement écrite dans l'article V. de l'Edit de 1711., qui n'a fait que développer à cet égard un principe universellement reconnu long-tems avant l'Edit de 1711.

2°. Si les termes *d'heritiers & successeurs* employez dans les Lettres de 1638, ne peuvent, comme on l'a démontré, s'appliquer qu'aux seuls descendans de la Dame de Combalet, il est évident que ces autres termes, *tels qu'elle voudra choisir*, qui se réferent necessairement aux termes qui les précedent, *d'heritiers & successeurs*, doivent aussi se renfermer dans la sphere de la descendance; & tout ce que l'on peut en conclure est de de dire que si la Dame de Combalet avoit eu des enfans, elle auroit eu la liberté de faire passer le Duché à un qu'elle auroit choisi, plûtôt qu'aux autres. Car il y a de l'illusion à prétendre qu'en restraignant aux seuls descendans de la Dame de Combalet l'effet des Lettres de 1638, on ne lui auroit pas accordé la liberté de faire un choix, ni d'intervertir par ce choix l'ordre naturel de la succession des Pairies, qui passent toûjours à l'aîné à l'exclusion des puînez. Il y a des exemples de Pairies érigées sous la condition qu'elles passeront à un puîné qui y est expressément désigné, à l'exclusion de son aîné, *

* Filtz-James, & Humieres.

3°. L'on ne peut pas tirer d'avantage de ce qui s'est passé après la mort de la Dame de Combalet, en faveur de Magdelaine de Vignerod sa niece, qui a pris publiquement le titre de *Duchesse d'Aiguillon*, & a joüi des rangs & honneurs, ni conclure delà que la vocation des collateraux, par le choix de la Dame de Combalet s'est manifestée en la personne de Magdelaine de

Vignerod. Tout ce qui résulte de ce fait se réduit à dire que Magdelaine de Vignerod a joui d'un rang qui ne lui appartenoit point, & qu'on pouvoit legitimement lui contester. Le Comte d'Agenois ne tire point son droit de ce qui s'est passé à l'égard de Magdelaine de Vignerod, il ne peut le tirer que des Lettres de 1638. & du Testament de la Dame de Combalet. Si l'on n'a point troublé Magdelaine de Vignerod dans la jouissance des rangs & honneurs, qui en sa personne ne tiroient pas à conséquence, s'ensuit-il qu'aujourd'hui l'on doive souffrir que le Comte d'Agenois se fasse recevoir en la Cour en qualité de Duc & Pair de France, quand il n'y a réellement aucun titre qui l'appelle à cette éminente dignité à laquelle on ne peut être élevé que par une expression diserte de la volonté du Prince.

4°. Quand on supposeroit qu'en vertu de la clause écrite dans les Lettres de 1638. la Dame de Combalet a eu la liberté de choisir non-seulement entre ses heritiers directs, mais même entre ses collateraux, ce qui résiste ouvertement aux principes les plus incontestables de la matiere des Pairies, du moins il est certain que cette faculté doit être restrainte à un seul choix, & que la Dame de Combalet auroit consommé son pouvoir par le choix qu'elle a fait de Magdelaine de Vignerod sa niece. Quelques réflexions bien simples vont mettre cette verité dans tout son jour.

Premierement, cette liberté de choisir entre ses heritiers & successeurs celui à qui l'on veut faire passer une Pairie, est une grace unique dans son espece ; le Comte d'Agenois dans le premier Memoire qu'il a donné, a été forcé d'avouer en propres termes, *qu'elle n'a jamais été mise dans aucune Lettre d'érection.* Or plus cette grace est extraordinaire, moins elle est susceptible d'extension, surtout quand on suppose que cette liberté de choix est accordée non-seulement entre les heritiers directs, mais même entre les heritiers collateraux.

D iij

En second lieu, l'on a fait sentir par avance combien ce sistême étoit contraire aux premieres notions de la matiere des Pairies. S'il étoit vrai, comme le suppose le Comte d'Agenois, que la Dame de Combalet a eu *une pleine & entiere liberté de transmettre successivement & à toûjours, l'honneur de la Pairie, à tous ceux de sa famille qu'elle voudroit choisir, sans distinction de ligne ni de sexe*; Si en conséquence de cette supposition, tous ceux & celles dont la Dame de Combalet parle dans son testament, & qu'elle a appellez dans les differentes substitutions dont elle a élevé l'édifice, sont autant de personnes à qui par le seul choix de la Dame de Combalet, l'honneur de la Pairie auroit pu se communiquer, il s'ensuivra que par le bienfait d'une femme, sans le concours du choix & de l'autorité du Souverain, une infinité de personnes obscures & inconnues, pourront un jour se trouver revêtues d'un office de la Couronne, & d'une dignité éminente, qui ne peut jamais être que la récompense des sujets les plus distinguez; est-il quelqu'un à qui l'on puisse sérieusement proposer une semblable absurdité?

Mais, dit-on, si l'on avoit voulu restraindre la Dame de Combalet à la faculté d'un seul choix, on ne se seroit point servi de ces mots, *tels qu'elle voudra choisir*, on auroit employé des expressions qui n'eussent pu s'appliquer qu'à une seule personne. La réponse est prompte.

La clause de l'érection d'Aiguillon est conçue en ces termes: *pour en jouir par ladite Dame, ses heritiers & successeurs, tant mâles que femelles, tels qu'elle voudra choisir, perpetuellement & à toûjours.*

Si les termes *d'heritiers & successeurs*, suivant les principes & suivant les dispositions de l'Edit de 1711, ne peuvent être entendus que des descendans de celle pour qui l'érection est faite; il s'ensuit necessairement que les mots *tels qu'elle voudra choisir*, qui se rapportent aux mots *d'heritiers & successeurs* ne peu-

vent aussi être appliquez qu'aux seuls descendans de la Dame
de Combalet, & cette seule observation tranche toutes les difficultez.

Mais en supposant même contre l'évidence des principes,
& contre les dispositions les plus précises de l'Edit de 1711.
que la liberté du choix accordée à la Dame de Combalet, s'é-
tend jusqu'à la collaterale, les mots *tels qu'elle voudra choisir*,
n'emportent pas la liberté de faire plusieurs choix, mais seulement la liberté de faire un choix d'une personne, à qui la Pairie
pourra passer, & dans la descendance de laquelle cette même
Pairie pourra se perpetuer. Et comme en vertu du choix la
Pairie sera recueillie, non seulement par la personne choisie in-
dividuellement, mais encore par tous ses descendans, successivement en accordant la liberté d'un choix qui pourroit pro-
duire son effet dans la descendance de la personne choisie, il
étoit naturel pour exprimer une telle grace de dire, *pour en*
jouir par ladite Dame, ses heritiers & successeurs, tels qu'elle voudra
choisir.

Si l'on pouvoit être tenté de s'écarter des principes generaux, & de faire abstraction des dispositions de l'Edit de 1711.
cette interprétation seroit bien plus plausible, que celle que le
Comte d'Agenois s'efforce d'y donner.

Supposer que la Dame de Combalet a eu la liberté de faire
dans sa collaterale plusieurs choix, & qu'en vertu de ces diffe-
rens choix, tous ceux qui en font l'objet peuvent successivement aspirer à l'honneur de la Pairie, c'est le comble de l'illusion ; & il n'y a personne qui puisse de bonne foy se familiariser
avec une idée si étrange.

Ne faire résulter de la clause que la liberté de faire dans la
collaterale un seul choix, qui pourra néanmoins faire passer
la Pairie à la personne choisie, & à ses descendans successivement, c'est faire beaucoup moins de violence aux regles gene-

rales, & prefenter un fyftême moins contraire à la raifon. Et quand on fait attention à la ftructure & à l'enchaînement des differentes difpofitions écrites dans le Teftament de la Dame de Combalet, on eft tenté de penfer que c'eft en ce fens qu'elle a elle-même entendu la claufe inferée dans les Lettres de 1638. & que fi elle s'eft cru permis de faire paffer la Terre d'Aiguillon fucceffivement à tous ceux qu'elle appelle dans l'édifice de fa fubftitution, du moins elle n'a jamais prétendu être en droit de faire paffer le titre & la dignité du Duché qu'à Magdelaine de Vignerod fon heritiere.

En effet, ce n'eft que dans l'inftitution de Magdelaine de Vignerod qu'elle parle du titre & de la dignité du Duché en ces termes :

J'inftitue à mon Duché d'Aiguillon Mademoifelle de Richelieu ma niéce Magdelaine de Vignerod fille de défunt mon frere, & je la nomme pour jouir par elle dudit Duché & Pairie d'Aiguillon AVEC LE TITRE ET DIGNITE' D'ICELUI, *conformément à la faculté que le feu Roy de glorieufe memoire m'en a accordée par Lettres Patentes verifiées en Parlement.*

Mais dans toutes les differentes fubftitutions, elle ne dit point que ceux qu'elle y appelle doivent *jouir du Duché & Pairie d'Aiguillon, avec le titre & dignité d'icelui :* elle ne rappelle point cette faculté qui lui eft accordée par les Lettres de 1638. De cette diverfité de langage entre l'inftitution & les fubftitutions, l'on peut conclure avec certitude que la Dame de Combalet n'a jamais cru elle-même être autorifée à tranfmettre le titre & la dignité de Duché à tous ceux qu'elle appelle fucceffivement dans les differentes fubftitutions que fon Teftament renferme.

Mais encore une fois, & c'eft une verité fimple à laquelle on ramenera continuellement le Comte d'Agenois, & qu'il effayera inutilement d'obfcurcir, il ne s'agit pas de fçavoir ce que

que la Dame de Combalet à pû penser sur le pouvoir que lui accordoient les Lettres de 1638. il s'agit de sçavoir ce que signifient dans ces Lettres les termes *d'heritiers & successeurs*: voilà en effet toute la cause. Nous trouvons cette difficulté éclaircie dans l'Edit de 1711. qui, par la disposition la plus expresse, restraint le sens & la signification de ces termes aux seuls descendans de la personne pour qui l'érection de la Pairie est faite.

Inutilement le Comte d'Agenois s'efforce-t-il de se soustraire à l'autorité de cet Edit, en disant qu'il ne s'applique qu'aux érections ordinaires, dans lesquelles la volonté du Prince n'est pas clairement déterminée en faveur des collateraux ou des filles; & que d'ailleurs son père avoit dès 1704. un droit acquis que l'Edit de 1711. n'a pû lui arracher.

On convient avec le Comte d'Agenois que quand dans des Lettres d'érection il y aura une vocation expresse des collateraux de celui à qui l'érection de la Pairie sera accordée, l'Edit de 1711. sera sans application pour les exclure; mais quand on prétendra n'induire cette vocation des collateraux, que des termes vagues & generaux *d'heritiers & successeurs*, dont le sens est souverainement déterminé par une disposition précise de l'Edit de 1711. aux seuls descendans de celui pour qui l'érection est faite, ce sera le veritable cas de faire usage de l'Edit; & comme le préambule de cet Edit annonce clairement que son objet est de *prévenir tous les differends qui se pourroient former à l'avenir à l'occasion de l'érection ou de l'extinction des Pairies*. On ne conçoit pas par quelle heureuse prérogative la Pairie d'Aiguillon se trouveroit affranchie d'une loi generale, qui embrasse toutes les Pairies.

A l'égard de ce droit que l'on suppose avoir été acquis dès 1704. au marquis de Richelieu; c'est une pétition de principe; & pour sentir combien ce raisonnement porte à faux, il n'y a

E

qu'à fe rappeller ce que l'on a déja obfervé, que le Marquis de Richelieu ayant hazardé la même prétention, que forme aujourd'hui le Comte d'Agenois fon fils, cette prétention fut étouffée dès fa naiffance par Louis XIV. en connoiffance de caufe, fur le rapport qu'en fit à ce grand Roy M. le Chancelier de Pontchartrain. Si la tentative du Marquis de Richelieu a échoué dès 1704, fept ans avant l'Edit de 1711, quel fuccès peut efperer le Comte d'Agenois, vingt ans après ce même Edit, qui a mis dans un nouveau jour les principes de la tranfmiffion des Pairies, qui a fixé fans retour la jurifprudence, & qui a déterminé fouverainement le fens des expreffions équivoques *d'heritiers & fuccesseurs*, dont le Comte d'Agenois s'efforce d'abufer.

Me A U B R Y Avocat.

CAILLAU,
PRUNGET, } Procureurs.
GILLET,

De l'Imprimerie de P. A. LE MERCIER pere, 1731.